初鹭芳心（摄影师：苏醒树）

我把你的名字

连同春天

递给三月

岸边的柳为你梳理长发

雀之吻（摄影师：苏醒树）

轻折一支细柳

簪起长发

从此，安静地

做你额前的帘

春之恋（摄影师：苏醒树）

只想离你近一点

再近一点

悄悄卧在你背影里

想你

蜂之恋（摄影师：苏醒树）

某个梦醒清晨

你，从蕊心走来

我，正在花下等你

露过（摄影师：苏醒树）

将指尖缠绵成一朵心花

开在你的四季

从此，安静地

做你生命中的景

春之行（摄影师：苏醒树）

在你住过的城里

用文字演绎一场倾城的爱恋

沿着你远去的杨柳岸畔

一路打捞你的影子

雨之恋（摄影师：苏醒树）

在一片叶的绿里

我把你的名字晕染成花苞

和着缠绵细雨

飘洒纷纷的思念

夏之荷（摄影师：苏醒树）

看你慌乱的心波

在我心里踱步

我把你的名字

种成六月未央

黄金丽 著

牵念是穿过岁月的疼

新华出版社

图书在版编目（CIP）数据

牵念是穿过岁月的疼 / 黄金丽著.
-- 北京 : 新华出版社, 2018.5
ISBN 978-7-5166-4138-5

Ⅰ. ①牵…　Ⅱ. ①黄…　Ⅲ. ①抒情诗 - 诗集 - 中国 - 当代
Ⅳ. ①I227.2

中国版本图书馆CIP数据核字(2018)第102606号

牵念是穿过岁月的疼

作　　者：黄金丽

责任编辑：李　成　　**封面设计：**李尘工作室
责任印制：廖成华

出版发行：新华出版社
地　　址：北京石景山区京原路8号　**邮　　编：**100040
网　　址：http://www.xinhuapub.com
经　　销：新华书店、新华出版社天猫旗舰店、京东旗舰店及各大网店
购书热线：010 - 63077122　**中国新闻书店购书热线：**010 - 63072012

照　　排：臻美书装
印　　刷：河北鑫兆源印刷有限公司

成品尺寸：130mm × 185mm　1/32　**彩　　插：**0.5印张
印　　张：6　**字　　数：**100千字
版　　次：2018年8月第一版　**印　　次：**2018年8月第一次印刷

书　　号：ISBN 978-7-5166-4138-5
定　　价：43.00元

欲借莲舟渡此心

——读黄金丽诗集《牵念是穿过岁月的疼》

尹洪东

这是女诗人黄金丽近两年里写下的近百首诗，有的已在微信公号上发过，粉丝拥趸颇众，好评如潮。一些评者谓：黄金丽的诗，“有少女的心跳，有少妇的悱恻伤感，更有成熟女性铅华落尽之后豁然的憬悟与轻如落叶的叹息”，“宛如红莲做成的一棹小舟，悄然渡人于彼岸，那划开的水波涟漪，弥久而不散……”

确实，这些评论中肯中的，卓见非凡。黄金丽的诗初读之下，便能很快将读者“带入”。这些诗是如此清新，如此淡雅，如此飘忽如此灵动，犹如月下美人，暗香涌动；又如水榭闻琴，如泣如诉，如怨如慕。这是一幅徐徐展开的长卷，其中，多是淡远的水墨，然而也有秾丽的丹碧华彩。作如是观时，你会恍若隔世，以为诗人是仕女画中的主人，她写的是“古装诗”，意境意趣与唐宋诗词一般无二。

然而，如果仅仅满足于初读的印象和感知，那就有被诗人蒙蔽的危险。而诗人的深心和睿智也正体现于此：她的诗是古装其表，现代其心。质言之，虽然一副古装诗的模样，表达的却是现代女性的心曲。如《他们的小幸福》中，有这样的诗句：他的汗滑过脸颊时 / 她伸过暖暖的脸 / 汗在她脸上继续下滑 / 他的眼底掠过一丝暖 / 她的脸开始发热 / 热得整个暗夜 / 多了一抹红晕……/ 其实，她只是想知道 / 她的心在他的心上跳 / 是怎样的幸福感觉。

黄金丽的多数诗咏叹和拥抱的其实就是以上的现代女

性的“小确幸”，温暖踏实的爱和少许浪漫情调的融合，作为其中的元色和底色。黄金丽的这本诗集名之曰《牵念是穿过岁月的疼》。诗人对季节物候转换的岁月变迁的敏感，挥之不去的相思与淡淡的感伤，较之“忽见陌头杨柳色，悔教夫婿觅封侯”，也许更多的是同大于异。古今异代，多少沧海变了桑田，但爱的主题永恒未变。黄金丽诗歌的难得和独到之处，就在于她写出了这种变，写出了现代女性心底隐隐的不安。通读诗集，不难发现，诗人最追忆的是“故事里的春天”，用的人称只有我和你两种人称，没有第三人称，这是倾诉与对话，当然，有时候“你”只是“我”的另一面。因此，这你我对谈，同时，也是自我对话，是心灵的自言自语。有热烈的坦露和告白，有守候和等待的无奈，但诗人不甘于被“流放”，诗中出现最多的是对“静好”的企盼，以及对“摆渡”的祈愿。为什么企盼和祈愿？因为心有不安。在时代大潮的裹挟之下，在物质极大进步和丰富之中，我们愈来愈感到一种精神上的欠缺已越来越难以忍受。诗歌合为时而著。黄金丽的诗没有回避时代之困，不但以幽曲蕴藉之声回答着时代之问，而且展示出社会精英们对心灵安妥之路的探寻。

黄金丽的诗总体上是明丽、畅快的，主调是坚信舒展的。像《等你打马归来》：夜，如一片广袤的草原 / 我静静地卧在阡陌的路口 / 等你打马归来 / 远处觅食的牛羊有如繁星 / 载着我的心愿，跑满整个草原……/ 终于，嗒嗒的马蹄声 / 你一路风尘，撞开心门 / 我慌乱的心 / 与你的深情撞个满怀……堪称其代表作。此外，在她的诗中，也不乏对时代英雄的致敬。如《你甩着袖底的硝烟，悄悄地走了》，便是一曲对风波中王石先生的礼赞。诗人是现实中人，是入世之人，更是自立自强之人。她的诗篇弥漫着人间烟火气，充盈着饱满的热情和希望，相比一些无病之呻吟、象牙塔里的纸花塑料花而言，更加亲切，更加稀有和宝贵。有意思的是，诗人的微信名是“星空

紫薇”（微信公众号名“紫薇诗话”），寓意星空下的紫薇花。紫薇花并非奇花异卉，在各地城市的公园处处有之。但它枝干光洁，没有树皮，春发红花或白花，花期长，花朵精细如绒。据说它是一种特别敏感的树，民间称之曰“痒痒树”，轻轻触动树上的任何一个部位，它都会全身颤摇。而紫薇与星空的组合，便是花儿对星空的仰望。诗人若不仰望星空，不是真的诗人； 花儿不植根大地，就不会有诗人的眼神。诗意不在远方， 它就在我们庸常的生活中。我相信，如果你也在寻找那一叶莲舟，读了这本诗集，你一定不会失望。

是为序。

2018 年 1 月 6 日

目 录

CONTENTS

第一辑　莲心如许　我在这里

我日夜兼程　却始终走不出你的影

那一天，柳枝羞红了柔媚
悄悄拉低额前的帘
牵念挽着风
偷偷抚过你的脸颊

那一天，莲叶不住地摇曳
看你惊喜的眼神
一遍遍阅过荷塘
我也一遍遍吻过你的目光
却始终不敢看你一眼

那一天，月色漂白新衣
慌乱的心独自出发

我日夜兼程
却始终走不出你的城

那一天，细雨打湿离人眼
我独自蜷缩在夜色
洗得发白的内心
依然，满是你挥之不去的影

把青莲囚禁成爱情的模样

总想在六月的一角
画一个圆
我就坐在圆里等你

如果泉水和黎明一起赶来
我就把你的微笑放飞在清晨
收集莲叶上第一滴露水
把岁月灌醉在蕊心
听一场关于爱情的蜜语

小心收藏眼底的欣喜
催开夏夜的星空
借着月色
把青莲囚禁成爱情的模样

把你的影　放牧在余生每个角落里

我把你的影子拉长
长到足够包裹住整个月夜
我静静地卧在夜的一角

回忆，是一本不忍释手的长卷
我日夜捧读
依然翻不过携手走过的岸

等待，是你越来越近的脚步
慌乱的莲香吻过欣喜的眉眼

挽一缕月光，把心事裁剪
一段挂在眉梢
一段放在心尖

一段捧在手心

一段放牧在余生的每个角落里

我来了　在你日夜守候的彼岸

（又见朱自清 又见荷塘月色）

我来了

在你日夜守候的岸畔

慌乱中，心跳把心事洒得满地

拨开满塘的荷叶细细找寻

只为，借着那晚的月光

抚平昨日的忧伤

沿着岸畔一路打捞你的影

连同你的脚印

掸去岁月的风霜

悄悄站在你近旁

小心镶上相框

我要站成柳岸最深情的灯火
在月儿瘦去的夜
依然可以捧出你的影

在轻柔的呼唤中 所有的念想都醒了

在轻柔的呼唤中
所有的念想都醒了
窗外的花草揉着睡眼
晨风摇醒了露珠

我叫醒快乐一同起床
清洗着昨夜的梦语
甩干了又甩
眼前依然是你挥之不去的影

远天的云霞
编织着新的牵念
羞红的荷塘
抛出一波一波的心事

莲叶一遍遍缝补着有你的记忆

远处的鸳鸯

依偎着讲述初见的欣喜

那个大名湖畔的夏雨荷

梦里烟波
那一眼深情的回眸
牵扯着远古的心魂
牵念在心尖上疯长
期盼……
如日日痴缠的藤
爬满岁月的心门

多想做一场远古的长梦
某个清荷绽放的夏夜
你依柳梢，我偎荷塘
在柳曳荷香的心波里
千年守望

莲叶作舟 执手天涯

在夜的阑珊里
我把眉弯描摹成一轮新月
云鬓垂成寂寥的星空
北斗指向的远方
那是你离别的影
沿着你去时的脚步踏出一条心路
作为梦的归程

在你沿途歇脚的地方
用江南烟雨煮半盏茶香
借着月色与你对饮
路过的夜风
捎走了我说给你的情话

下一个风起时

我就坐在你的怀里

风铃摇曳的渡口

莲叶作舟

从此，执手天涯

种一束心花 开成想你

我知道
你一定还手捧四月
以一树花的痴迷
自语着 每一朵都像我
或，你还躲在火热的六月
以莲的姿态张望
想我 也在想
我有没有想你

我不敢想你
怕我的火热
灼伤你期盼的眼底
躲在寒冷的冬日

我把满满的思念
埋藏在覆雪的泥土里
待来年春天
以陌上繁花的明媚
统统绽放给你

我知道
你一定还守在
每一个必将来临的夜晚
望着每一个
有或没有星星的夜空
想我 也在想
我有没有想你

我不敢想你
怕我的思念
撞乱你远行的步伐
我不敢在季节里想你
不敢把春的妖娆

夏的火热
秋的萧瑟
冬的寒冷
捎给你
不想让你思念的眼角
挂满泪滴

我只默默地想你
借着春日的花期
用夏夜作为符号
在盈盈的秋水里
将冬雪铺成诗行
把每一个韵脚涂成你的模样

心事 悄悄爬上心城

用日子涂抹成陌上诗行
心事攀着每一阕韵脚
悄悄爬上心城
拈一抹心事
蘸着手心里的暖
描摹你微笑的模样

枕着你的笑靥
把春事裁剪
装订成《一千零一夜》
你夜夜醉在我的故事里

第二辑　箫声绾卷处　你来了我正等你

写给春天的情书

三月悄悄走来
风，忸怩着
递上第一封情书
害羞的姑娘
慌乱中露出藏了又藏的心事

满眼的思念　倾巢出动
所有的爱情
绽放成春天的故事
风急着梳理装订成册

并头的鸳鸯游过封面
一江春水弄湿了扉页深情的眸

满眼的绿色如初见的欣喜

奔跑在每一个章节

漫山的花朵是诉也诉不完的长情

细柳绾成腰封

桃红吻上封印

我悄悄蜷缩成书名

等你

唤着我的名字

走来

你的名字 是我写不够的春天

在一片叶的绿里
我把你的名字晕染成花苞
一不小心跌进春的怀里
羞红一树枝丫
风解开春的衣襟
惹得山野招引一季的风情

我把你的名字连同春天
递给三月
岸边的柳为你梳理长发
桃红飞上脸颊
玉兰蝶舞成婚纱
多情的风缠着要你嫁给他

心急的云儿捎来江南的烟雨

薄雾轻扯着眼底的惆怅

柳岸纷飞的长堤上

我遍翻唐诗宋词

只为把你的名字写进春天的诗行

我把你腮边的红偷渡成桃园

在一场春雨的宿醉里
把心事挂满鹅黄的柳条
携一帘明媚在长堤上放歌
吻过春日的唇
在一树枝丫上绽放成桃花朵朵

塞北的寒凉裹挟着江南的烟雨
以一把伞的姿态撑开岁月的心门
卧在十里春风里，赴一场山水之约
在来不及打扮的刹那
我把自己涂鸦成芬芳

近了，更近了
你和你的脚步，跌落在我的怀里

看你惊慌的眼神掠过阕阕青词

我把你腮边的红偷渡成桃园

手捧你远去的渡口 摆渡我望穿的眸

把温柔停泊在掌心
待思念爬满岁月
手捧你远去的渡口
摆渡我望穿的眸

星空下的紫薇
有如你娇弱的身影
与眼前的烛火一道，温润着
眸底的牵念

在你住过的城里
用文字演绎一场倾城的月光
沿着你走过的杨柳岸畔
一路打捞你的影子

把眉弯 描摹成与你初见的月牙

东风裹挟着一路牵挂
我把春天寄给你
牵念一路飞奔催开朵朵桃花
趁晓风还未吹散残月
我把眉弯描摹成初见的月牙

月光把星盏洗涤捆扎
一束挂在柳枝，是我低垂的长发
一束染白玉兰，是我念着你雀跃的心花
一束洒满山野，是我日日想你的涂鸦

我把春天装订成册
封皮是你的笑靥
翻开每一页

枝丫上挂满你的名字

留白处都是我说给你的情话

携一阕清词　叙写你归来的春天

深夜的玫瑰映照着明月
绯红的心事穿过夜空
在最深的红尘里轻捻
你的名字在指尖涌动

仰望星空
声声呼唤落入心底
撞出的疼，如一朵心花
在心尖上缓缓绽放
成思念

某个风过的午后
落红纷飞若雪
我在一地的花瓣里写下你的名字

携一阕清词作序

叙写你归来的春天

我在春里等风也等你

总想在春天的一角
画上一个圆
我坐在圆里等你

你目光所到达的地方
开出温热的欣喜
如果泉水和黎明一起赶来
我就把你的微笑放飞在清晨

收集蕊心第一滴露水
把岁月灌醉
听一场关于爱情的蜜语

小心收藏眼底的欣喜

种成四月未央

从一片叶的绿里出发

催开夏夜星空

借着月光

把十里桃花囚禁成爱情的模样

披一帘春风作帐 卧在桃园深入等你

撞开一冬的沉寂
剪一纸清风作信
叩开春日的心门
徘徊陌上
只等拥着第一缕花香
与你撞个满怀

采撷你眉弯处的欣喜
繁华成三月的江南
走过所有的青石小巷
只为某个烟雨清晨
你撑一把油纸伞走来

借着你眼底的柔情

催开十里桃花

披一帘春风作帐

卧在桃园深入

等你

箫声绾卷处 你来了我正等你

借着一季的笔墨
把你写进我心里
解开春的衣襟
用牵念作线
将心放逐在山野

抚过桃红穿过梨白
在一处蝶舞山花的转角
静静地想你
卧在繁华的诗笺上
煮一壶云水禅心
我们邀月共饮

在醉眼朦胧中讲述

某个杏花微雨的清晨

箫声绾卷处

你来了，我正等你

掩闭纷扰尘世的门扉

用爱恋勾勒的世外桃源

木屋的青苔石阶上，我依偎着

描摹地老天荒的模样

依偎着 走成很老很老的故事

前世，柳絮纷飞的岸畔
你逆风而来
在心底最柔软的一角
种下矢志不移的期许
温柔将相思漂得发白
你用发尾蘸着月光写下
一不见不散

今生，你手捧柳岸梢头第一抹鹅黄
念，如曼陀罗的朱砂
相思化作掌心里的暖
执手，相看

心驻足在一阕清词里

穿越千年的唐风宋雨

在灯火阑珊的回眸处

将爱藏进岁月的杯盏

拂去你眉间的哀愁

我们依偎着

走成，很老很老的故事

那一年 泛舟墨香古卷

那一年

桃花纷飞，横笛绾卷

循一路花开

你如翩跹的蝶

漫天花雨处

你我初见

那一年

一曲高山流水

绾乱芳心

填一阕长相思

风箫吟唱 牵起柔情万般

那一年

泛舟墨香古卷

漫拂一袖水月
轻挽一阕瘦词
月下呢喃
飘逸成琴上余音袅袅

那 一 年
放飞思绪
心随远天，月儿摆渡
携一缕诗心
牵念萦满心尖

那一年
携手烟雨江南
萧萧唐风起
轻描细绘的易水岸畔
日抚瑶琴，夜读诗书
从此，执手相看

第三辑　坐在彼此的心上谈心

此去 从我的心里到你的心里

风掀袖底的柔情
裹挟着你的影
在那抹月色的牙白中
一指弦音
轻轻拨动心尖上的疼

过往扯起的回忆
循着依偎走过的长堤
风轻柔地掠过眸底
等待，如心底盘旋的风
绾卷着每一次你离去的影

你总嫌旅程太长
为此你总是很忙
忙着把每一程折叠
直到，刚好余下你和我

梢头的月 撞翻了紧抱的红豆

六月的火热
独自绽放一抹灵动
摇曳着
抚去你额头的汗珠
一刻不停地
从晨起到黄昏再到夜幕

在声声的蛙鸣里
梢头的月，撞翻了紧抱的红豆
相思，毫无防备地
洒了一地
继而像星一样，次第布满夜空
顺着月光拾阶而上
浮云深处，传来你的梦语

带着古老的誓约
一颗一颗吻过天上的星

星光和着夜的喘息
在忽明忽暗的灯火里
把你的梦境拉长
长到，我们就这样并肩
走着走着
讲完了今生的故事

穿过文字 与你十指相扣

五月，在有你的城里
挽一树槐香
蜷卧成一枚书签的模样
躲进书卷 穿过文字
与你十指相扣

铺展一笺纸墨
在如絮的流云里
撑一支长篙
穿过拂柳摇曳
在布满星子的月夜
涂抹你的模样

将心念折叠 托风跌落在你窗前

一缕清风绕过水湄

在小桥挽柳间

心念在心愿里扎根

入心入城

飞涧的清泉

柔媚在柳梢里

掬一捧清流

把心念泡在花开里

把心愿绽放成经年最美的暖

和着云水禅心

谱一曲长长的牵念

折叠成呢喃细语

托风，跌落在你窗前

喜欢七月

情痴七月
在火热的午后
怀一腔火样的心情
沿青春慢慢洒下
远去
有如春日
若离别可以让你牵挂
我愿即刻消失
当多情扎进火热
一切遐想都是美丽的
七月的风正如情人的手
总能触及最敏感的地方

那个夏天　心湖映出你我的影

清晨，群山揽镜自照
打扮好的一草一木
依次安静在水底
涯畔的风呼啸着
推开微澜的心波
一遍一遍讲述红罗的故事

振翅远去的沙鸥
倒映在波光潋滟的湖心
如轻拭镜面的拂尘
掸去岁月的忧伤
在最深的牵念里捧出红罗的影

飞驰在湖面上

呼啸的风裹挟着身后的白練

寻觅

远古的故事，穿越

镜面分开又合上

怀念

携一帘飞瀑 倾泻

献上万千心花

（注：此文为 2017 年夏游镜泊湖，听红罗女的故事、看吊水楼瀑布而作）

念着你的名字 我总嫌自己太瘦

从傍晚的霞里打捞一阕清词
和着你的名字排列成一首长诗
我端坐在诗行的韵脚
待到暗夜来临
用牵念 将你洒成满天繁星

念着你的名字
我总嫌自己太瘦
我要 吞下
整个草原的牛羊
待到我成个胖子
让你在我心里跑马放歌

烟花过后

我把自己放逐在春天
看流年演绎一场花事
左手桃红 右手梨白
我依在花下
看落红抛洒纷纷的思念

卧在夏夜的荷塘
收集一串蛙鸣
沿着我们一起走过的小路
谱一曲关于爱情的长歌
让夜风唱给你听

依在秋的渡口
用手心里的暖
点燃一盏千年渔火
待到那个白雪飘飞的月夜
燃烧成你温暖的留白

坐在彼此的心上　谈心

在我的心里

画上你的心

我们依偎着

穿过季节的衣襟

等春花妖娆眉心

看秋月打湿眸底

待夏风抚过寒冬

在漫天飞雪里

我们相约白头

在青萝缠绕的陌上

看你慌乱的心波

在我心里踱步

我把你的名字

种成六月未央
在声声的蛙鸣里
我们依偎成荷

在烟笼寒水的月下
我把我们仰望成星空
一个闪电
落下一地相思
剪一段心波，摆渡
远方的远方
我们相视
坐在彼此的心上　谈心

我的存在 只为捧拾你四月的诗行

凝望四月的天空
牵念溢满梦里梦外
满眼的柔波噙着你的倩影

从未离去的牵念
一如你拂过的初枝
繁花飘过林下美人
一身诗意如瀑绽放

踏遍四月的脚步
爱早已随花芬芳
我的存在
只为捧拾你四月的诗行

（注：此文据晚年金岳霖对待故友林徽因的情境而写）

卧在你背影里 想你

扒开岁月的帘

回忆，拼命地回忆

只想离你近一点

再近一点

悄悄卧在你的背影里

想你

第四辑　穿过岁月是静好

读你

暖阳照在宽大的沙发上
她正在看书
他正在看她

他一页一页地翻
从扉页开始
他也一页一页地看
从她的额头开始

窗外的两只燕雀翻飞嬉戏时
他和她正醉在各自的
一千零一夜里

安静地做你额前的帘

风起
一缕青丝飞扬着
抚过脸庞
慌乱的柔情掠过眸底

十指紧扣
爱恋缠绵的指尖
心念悄悄划过岸畔

轻折一支细柳
簪起长发
安静地做你额前的帘

来世 唯愿做你手中的长卷

如果有来世

我愿

做你手中的长卷

被你，捧着

看着

恋着

如此，不为白头

只为，时时与你执手相看

来世

唯愿做你手中的长卷

夜夜与你挽指

不为缠绵

只为知你悲喜

来世

唯愿做你手中的长卷

不为贪恋你的柔情

只为

与你共冷暖

我临窗偶望　恰逢你驻足回眸

临窗
手，捧长卷
心，却赋了一路风光

手指捻过日子
细数飞速而去的时光
记忆如脚下的铁轨
绵延不息

轻挽流光
挥别上一秒的曾经
最好的风景，莫过于
我在飞驰中，临窗偶望
恰逢，你驻足回眸
（注：此文写在飞驰的高铁上）

你是我胸口的朱砂

携一抹眷念
涂满期盼的眸底
凝望

寂寥的夜空
闪烁着
如我夜夜思念的呓语
你离去的身影
有如一颗炙热的朱砂
埋进我的胸膛
与我，同岁月一起
等你

我落下了捂胸口的毛病

指尖敲击着键盘
哒，哒，哒……

你踩着高跟鞋在文字里踱步
走累了就换一行

直到，文字里起风
你闹着要来我怀里取暖

于是，我驱赶着文字
把我的怀抱拉长

长到你在我的臂弯里
把余生摊开，揪成文字

然后，一字一字塞进我的胸膛

直到
所有的借住者落荒而逃
你，独自幽居在我心里
我，落下了捂胸口的毛病

在夜的一角悄悄把世界颠倒过来重放

风，穿过窗前的合欢
偷偷在一对情人的眼里
捡拾一缕相思
放在夜的鼾声里
慢慢品读

月光穿过窗棂
在一个又一个的梦里
刻下牵念
远天的星有如少女的心事
试图躲在暗夜
却怎也藏不住

我找到夜的一角

悄悄把世界颠倒过来

一遍遍回放

看你惆怅的眼神

在深情的夜空中

一遍一遍

将心事埋进心底

她的小确幸

她换好衣服
看着窗外的冷风
下意识地缩了下脖子
手机突然响起——
楼下
他在北风萧瑟中
举着为她买的冬衣，像一团火

看了一上午的书
临近中午她摸了下肚子
有点不知所以
手机应景般跳出一条信息——

你最爱的抹茶蛋糕 到了

今天是她的生日

可是，他出差了

临近傍晚心里空空的

手机再次响起——

“你有个礼物到了”

她开门，她和他的目光

撞得疼出了泪花

夜来的时候 路过我的眼睛

夜来的时候
路过我的眼睛
于是，我从心里
掏出无数个想念你的理由
悬挂成星空
夜夜仰望

他们的小幸福

他的汗滑过脸颊时
她伸过暖暖的脸
汗在她脸上继续下滑
他的眼底掠过一丝暖
她的脸开始发热
热得整个夏夜
多了一抹红晕

她羞羞地埋起脸
把耳朵贴在他胸前
闹着要听他的心跳
其实，她只是想知道
她的心在他的心上跳
是怎样的幸福感觉

第五辑

端坐指尖看光阴静静淌过

这个八月我们又见

八月，在你来的方向慢慢打开
眸底的欣喜
灼伤了夜的火热
日子带着星辰
照向你来时的路

把心，流放到
用山水堆成的诗行里
牵念如风，呼啸着
穿过你我相望的眼神

心思躲在柔软的云朵里
望着有你的地方
思念，以一滴雨的姿势

下落，滑过你的脸颊

于是

这个八月，我们又见

我端坐星际　恰逢你迎空瞭望

八月的风，捎来桂花的香
翻开秋意
赴一场旷世长约
无关风月
只是一场百年轮回的念

月下荷塘，花红谢了又开
手捻经年的欢愉
念着时光匆匆
心在轩窗，人已入梦

如果生命里还有一场遇见
那定是
我端坐星际
恰逢你迎空瞭望

以黛目传情　谈一场芙蓉倾城的爱恋

假如秋水可以望穿
我愿卧在枫桥
等待
某日你踏叶而来

一双素手，酿一壶深情
携手共饮
醉在最深的红尘里
用瘦笔写下又一季相思

每一个入秋的季节
坐在夜色阑珊处
倾听叶落的声音
闭目，想你

如若可以

很想，以黛目传情

谈一场芙蓉倾城的爱恋

如若可以

很想，用江南烟雨浸半盅茶香

和你宿醉，直到地老天荒

端坐指尖　看光阴静静淌过

穿过梦的廊桥
掏出思绪细细整理
把相遇挽成弦
把相知谱成曲
用牵念弹拨

端坐于指尖
看光阴静静淌过

余音绾卷处
轻掀岁月的眼帘
等待，滑过眸底
风干成千年不变的誓言

恋上秋日清欢

一树疯红，一帘艳黄
在漫卷的秋风里
慢慢晕开陌上尘香
喜欢秋

叶子在一帘水湄里
轻舞着伊人的裙摆
旋出心花朵朵
挽着风的羽翼
借几许轻尘作伴

捡拾一片落叶
着几许心念
安放于诗行

恋上风，恋上雨

恋上秋日清欢

如蝶　轻轻穿过心事

月无言，清辉依旧
几许相思散落
凝眸处，心念依旧

轻握十指，揽一缕月华
把执着的牵念绽放成风

风起处，柔情散落
穿过秋叶
如蝶，轻轻穿过心事
所有浮华
随风跌落心门之外
唯牵念，与梦

依在秋的渡口　描一幅很长很长的卷

依在秋的渡口
静静地
描一幅很长很长的卷

心意葱茏的指尖
裹挟着月华
点洒在云水涯畔
瞬间纷飞成远去的秋雁

穿过秋水如诉的源头
随风赴一场紫陌之约

将风声存放成欢喜的模样
待枫红飘落桥头
卧在桥心
静静地，听风捎来离别的牵念

等待一场遇见

牵着八月的手
在时光的门楣
画下期许的灵符
于露菊初开的九月
等待一场遇见

在褪去火热的秋风里
把初见的欣喜
悬挂成遥远的相思
在走向晨曦的山路上
把东方第一抹白
变成你晨起的微笑

在通往每一天的隧道里

我把远方的远方折叠

直到，我就在你的城下

扎篱，播种……

只等，某个清晨

你循着那朵初绽的菊香

推门而入

未曾转身便开始想你

初冬的陌上
落黄在脚畔蝶舞
风起
繁华三千纷纷远去
西风敲打着西窗下的温存

牵念如一弯新月
日日增长
眉弯下的相思
如冬日里的依依落雪
尘世飘洒成你的模样

最好的遇见莫过于
我来了，恰好你在
未曾转身
我便开始想你

等你　以秋霜为期

深秋
在落叶纷飞的街头，等你
风捎来的念想
在不疾不徐的光阴里
慢慢展开
把日子摊开，翻找
把你的回眸连同秋水
打包，背起
穿过艳黄的霜天
一个喜欢风的女子
正以一片叶的姿势
在烟雨离歌的陌上
等风，也等你

第六辑　未曾转身便开始想你

今夜　揽一缕清辉煮酒

今夜与你对饮
揽一缕清辉煮酒
在桂花飘香的阑珊里
衣袂飘飘
你，从神话中走来

岸畔高高的柳梢头
倾泄而下
荷塘深处，卧在你的影子里
与你对饮

揣千般情丝盈怀
挽万般思念绕指
折一纸爱恋

与你下酒

手捧月圆

蜗居在你如眸的清影里

把心念写满月光

再次仰望

天涯处，都是我说与你的情话

（注：此文写于 2015 年中秋月夜）

即便逆风　我也只朝着你来的方向

风起
依在窗前的合欢下
肩头的落花
在心底暗自妖娆

沏一壶深情
与时光对饮
卧在岁月的门前
任爱恋飞花

流年在浅笑里暗香盈袖
柔情在守候中且消且长
即便逆风
我也只朝着你来的方向

（注：此文为观电视剧《甄嬛传》中甄嬛与果郡王有感而作）

可否 借你手心里的暖

可否
借你手心里的暖
在那个落霞的黄昏
抚去窗棂的霜花
涂抹一段红尘过往
灯影捧出你的容颜

可否
借你手心里的暖
在某个梦醒的清晨
绾成一朵心花
用柔情写进春天
你，从蕊心走来
我，正在花下等你

可否

借你手心里的暖

在某个艳阳的午后

用诗行描摹你的容颜

捡拾唐诗里的柔情作发

打捞宋词里的思念描眉画眼

可否

借你手心里的暖

如果今夜望不见星空

我就把自己装扮成紫薇花

躲进万家灯火

把所有的思念撒成星

用你手心里的暖

画一弯新月作伴

遥望到月圆

卧在年关深入想你

我把一季的诗行铺陈
用一丝牵念缠住
挂满你的窗棂
只等某个清晨
你对窗莞尔一笑

在你归来的渡口
我把自己站成岸边的柳
只等你靠岸的艄风
掀起我的长发

飞驰的长列
我用目光把你的背影挂起
让一路风尘见证

我们去远行

我把温柔缠绵在月光里
漫过西窗
洒满你的枕畔
在你梦呓的微笑里
散落成风景

我把你的名字描摹成春天
待陌上开出蝶舞花香
日子破土成诗行
我在每一个角落种上
——想你

除夕的烟花里　有你

你的名字，是团聚的影
是爬在心尖上的藤
在亲人的笑声里缠上一丝牵念
转瞬，缠绵成一首长歌
回荡在除夕的夜空

年夜饭里，你的名字
是一盏入喉的葡萄美酒
入唇，入心，亦入了魂
微醺，是一种牵念的姿势
你的名字在眼前跳跃成影

辞旧的灯火里
那跳跃的灯花，是你的名字

遥望万家灯火，我看到

佳肴，美酒，欢声，笑语……

辞岁，过去越来越远

迎新，你却越来越近

迎新的烟花里

我把你的名字连同夜空，装订成卷

尘封在新年里

待某个雨夜，捧出

让细雨穿过繁华，读你

用嘀嗒声做脚步

携一束烟花，从诗行韵脚出发

你，就是我心心念念的风景

（注：此文写于 2016 年除夕之夜）

2017 我在这头　你在那头

把日子挽成一朵
云一样的棉花糖
我在这头微笑
你在那头说甜

翻开新年的第一页
摊在岁首的膝头
我低头阅读
你把目光挂在枝梢
我在这头微笑
你在那头凝眸

打扮好的日子
眉开眼笑地走来

我挽左手

你牵右手

我在这头微笑

你在那头说 - Hello

元宵月夜　谁抚烟花弄乡愁

乡愁，是今夜那一轮圆月
爬进童年的回忆
萦绕在妈妈的怀里
甜甜的元宵滑进心底
颗颗满满的都是念

乡愁，是今夜此起彼伏的烟花
捷报着团聚的欣喜
绚烂抚过窗前的腊梅
遥望在火树银花里
映出爸爸翘首张望的脸
眼里涌动着半阕惆怅

乡愁，是今夜满城的花灯

映红游子心底的暖

揽着远行的背影爬满夜色

在离人的心里

刻下想你的诗行

乡愁，是今夜猜不完的灯谜

在字里行间绞尽脑汁

用却一腔心绪

任灵魂翻阅半生宝典

心底依然只有一个念头

—想你

（注：此作写于 2017 年元宵月夜）

今夜 挽一缕青丝做鹊桥

今夜
挽一缕青丝作鹊桥
醉卧桥心
听你诉说千年的思恋
吻尽你愁肠的挂念

今夜
挽一缕青丝作鹊桥
醉卧桥心
在深情的凝望里
把我无尽的爱恋
刻进你的眸底
把我长情的告白
洒在如水的月光里

今夜

挽一缕青丝作鹊桥

醉卧桥心

把离别封入昨天

把爱恋写进日子里

把说也说不完的话

刻进你我的生命里

（注：此文写于 2016 年七夕月夜）

如此刚好

把期许
写在叶子上
风一吹
就在
全世界开花了

冷风越过枝丫
在大地上打个转
于是
冬日有了自己的酒窝

第七辑　在夜雨深情的凝望中想你

将秋夜连同眼波里的你　一起饮下

将秋夜连同眼波里的你
一起饮下
带着温度的小秘密
流经心尖汇聚成海
九曲回肠
从此，想念无岸

一抹心沙
将青丝一缕一缕挽起
编织成桥的模样
月儿悄悄爬上桥心
看心潮涟漪
孤独地
守候着这万千柔情

你攀着月色张望

满眼的心事跌落

柔波里的星辉

连同你的眼神

宿醉在我的心海里

你的名字　落在我心尖上的疼

风悄悄穿过梦境
回旋在窗棂上
夜如你深情的眸
相思的月瘦得让人心疼

斟一杯老酒
把思念放飞在高脚杯里
看着过往在杯子里打转

我把你的梦捧在手心里
回忆扯着心底疼
你的名字落在我的心尖上
我紧捂着胸口，生怕你带走

你的方向是我今夜唯一的北斗

一双挥毫执卷的素手

描绘着你的城

描绘着城中的你

亦描绘我温热的眸里，你的影

今夜 随月光住进你心

挽一髻西窗月色
在正月未央的灯火里
一端挂到海角，一端连接天涯
我在里面
念着你的名字
踱步……

捧一弯枕畔新月
描摹成你的背影
依偎在里面
待你转身
我便住进你的心里

收藏一季的月圆

吟诵成长诗

放牧在你夜夜经过的路口

只为，某日你独自走过

心不会孤单

等你打马归来

夜，如一片广袤的草原
我静静地卧在阡陌的路口
等你打马归来
远处觅食的牛羊有如繁星
载着我的心愿，跑满整个草原

白天，黑夜，我不敢眨眼
惟恐飞奔的马儿一不小心
跑出了我的视线
黑夜，白天，我不敢醒来
惟恐，你如晚归的牧人
夜夜消失在我的梦外

夜，扯着心愁

在声声呢喃中搁浅
一帘夜风撞疼了期盼
心，整了又乱
心尖处的牵念
如夏日的青草，日日疯长

终于，嗒嗒的马蹄声
你一路风尘，撞开心门
我慌乱的心
与你的深情撞个满怀

昨夜 风捎来一个童话

昨夜
风捎来一个童话
在某个暖阳的清晨
桃园的溪畔
你打捞一瓣桃花
为我妆点眉心的容颜

昨夜
风捎来一个童话
在某个艳阳的午后
桃花涌动的茶盏
映出你我的容颜

昨夜

风捎来一个童话
在某个落霞的黄昏
青苔的木屋里
你说——
要用一阕青词温酒
就着唐诗的柔情
喝下今生的牵念

昨夜
风捎来一个童话
午夜的梅园
你摘下一朵柔情
贴在梦的入口
你说
从此我们可以分秒相见

今夜　你是否依然在仰望

今夜，你是否依然在仰望
在寂寥的星河岸畔
将月圆望成一叶扁舟
在你深情的目光里
将相思划向遥远的彼岸

今夜，你是否依然在仰望
在城市的万家灯火里
把灯光和星光用心事缠绵
将心底的牵念
望成灯火阑珊处的暖

今夜，你是否依然在仰望
看窗前枫红曳动

是你书写名字的信笺
写了，又写
看指尖里的深情
把心事洞穿

今夜，你是否依然在仰望
目光追寻着远去的长列
慌乱中把心事涂满
在轨道绵延的碎碎念里
抵达你心心念念的下一站

许你一场天荒地老的暖

那一见倾心的嫣然
依然轻触着灵魂
日日仰望的星夜
一如初心
挂在青涩的年华

与你对坐在岁月的门楣
研一池江南水墨
把光阴泼墨成画
把日子叙写成诗
拾一枚风花，放逐在雪月

你的影挂满我的帘
捡拾你呢喃细语

码成一颗心，卧在心底

倾尽容颜

只为在寂寥的星夜

许你一场天荒地老的暖

在你深情的凝望中　想你

临窗，手蘸心墨

欲画一场花开来渲染牵念

却在一片落叶中

装作素心若雪

只是，牵念依旧

试图把心调频到淡然

码字画心，看风听雨

在落寞中与相思做抵死缠绵

将心念凝于指尖

书满繁星暗夜

日日仰望

期许

在某个蒹葭苍苍的岸畔

你的手指穿过我的长发，

你的目光搁浅在我的眸底

携手画心

在你深情的凝望中，想你

你张望的目光　撞疼我手中的江南

携一抹烟雨
在青石铺就的往事里涂抹江南
夜幕下的西湖
与怀里的星星呢喃着
橹声和着心事叹息在渔火里

远方的风不断催促水波
一圈一圈叙写夜的留白
我卧在星的一角探寻着
期待我的目光与你相遇

我在心城种下春风
种下小桥，种下流水

期许，某一个雨后
你张望的目光
撞疼了我手中的江南

梦里回唐　卧在伊人袖畔

那个月夜

月色逐波

长笛綰卷

一曲心砂起

惊落春红瓣瓣

那个月夜

此岸曲声缠绕

彼岸花红潋滟

一如离人诉不尽的牵念

字字句句

你，可懂

那个月夜
伊人起舞长袖翩跹
清辉弄潮心波绵绵
桃花纷落覆水
一如初见欣喜的欢颜

那个月夜
扁舟远去离人影
长袖抚月
心曲回旋
梦里回唐
卧在伊人袖畔

（注：此文为在西安看《梦回大唐》实景演出而作）

挽着你的目光　和你一同呼吸

月在月光下浮动
你的影子如同一颗流星
划破我的夜空

我把你的名字涂了又写
指尖划过的弧线弄疼了眸
眼底疯长的牵念
在夜色里不住地绽放

含在唇边的心事穿过廊桥
你窗前的灯火是我的太阳
我以向日葵的姿势
夜夜等待
看你窗棂上的影

一遍遍在我灵魂里穿梭

月光穿过灯光
悄悄躲进你手中的卷
挽着你的目光
无心穿越唐诗宋词
只想和你一同呼吸

以懂你的姿势　携一缕相思入骨

细雨揽过夜的肩头
吻着未曾睡去的眉弯
萦绕在唇间的呓语
弄湿了夜的眸
饱蘸眼底的柔情
写下——想你

迎着夜风
在最深情的相望里
以懂你的姿势
携一缕入骨放牧成相思
一段入心
一段入怀
一段描摹成你的影

以彼此最知心的温度

涂抹一帘风月情长

划过细雨沥沥的夜

站在飞溅的水花里

开成想你

第八辑

心波涌动处　总有一个人可以想念

在你慌乱的眼神里写下 —想你

匆匆那年

我手执浊酒

你醉揽诗书

梦里烟波

只那一眼

从此，你的影在我心里搁浅

寻着岁月的脚步

在秦淮河畔的箫声里

轻研一池水墨

泼于山水

在桃花纷飞的崖畔

等你……

风起

身后的脚步，声声踏入心底

你来了

在我慌乱的眼神里写下——想你

这一秒未曾离别下一秒又见

在飞驰的山路上

我把你的目光

挂满两侧的峰峦

我们就这样相望着

这一秒还未来得及说离别

下一秒又见

用绵延的心速陪你飞扬

醉卧心窗
在呼啸而过的洪荒里
细听生命的律动。
将心流放在绵延的轨道
随意
览尽心路的景致

把念放在心上
了却一梦的想
一羽心觞
起舞在婉约的流风里

分秒变幻的娇颜
瞬间化去千古沧桑

用风的颜色陪你起舞

用绵延的心速陪你飞扬

（注：此文为高铁上所见风光而作）

等待　相遇长成重逢的寓言

风捎来你的信息
一下子撞翻了我张望的目光
心事沿着山脊一路滚下
沿途的小草
假装揉着睡眼偷看

枝丫上修剪不完的牵挂
裹挟着唇齿间的呓语
在你远去的陌上
独自暗哑成曲
哽咽的风声
弄疼了眼角的一帘烟雨

升起思念的经幡

以朝圣的姿势

一路打捞有关你所有的信息

种满我慌乱的心田

等待

相遇

破土而出

长成重逢的寓言

人海中只那匆匆一眼

轻借几缕光阴
临窗浅坐
人海中只那匆匆一眼
从此……
执笔只为成说

描一笺心语
盈一纸风华
一 字 一 句
读……
只为懂

倘佯在字里行间
轻倚暖阳

浅梦……

只为细看心下风光

心湖拍睡了夜色

静谧的湖儿
以一波浪的温柔
拍睡了夜色
轻柔的呼噜声
一浪一浪
穿过窗棂
落入伊人梦境

月华捧着离人影
轻摇臂弯里的船儿
梦里伊人
漾出甜美的笑容
耳畔不眠的浪花
是离人诉不尽的牵念

昨夜狂欢的篝火

掸去夜的微凉

欢喜

把真情欢呼成

满湖的星盏

守候是夜的眼睛

在别离的灯火里

深情地遥望

（注：此文为 2017 年 8 月兴凯湖畔狂欢、夜宿而作）

待我长发及腰

雾里人海
只那匆匆一眼
那些轮回中的期盼
牵念着远古的芳华
如铮音萦绕
亦如诗行绵长悠远

你的世界我来了
捧一腔沁满柔情的绿意
在淡淡的鹅黄中
闪一帘如水的清眸

情柔柔心依依
水映月缠绵

待我长发齐腰

许我山花烂漫可好？

（注：此文写于 2015 年春日，柳梢初绽鹅黄之时）

心波涌动处　总有一人可以想念

烟柳深处只那一眼
经年便赖在眸底
穿越一世的风雨
与你深情对视

生命的留白里
总要一缕暗香点染
于是以念为笔
依着山风的轮廓
将相思涂满

撕开烟色的流年
任记忆奔跑成景
心波涌动处

总有一人可以想念

掬一捧秋水
煮半盏云水禅心
听风捎来雨的故事
翻开昨日
在一起走过的章节里
静静地读你

你来了　我正在翻找你的信息

秋在一片落黄里慢慢展开
我无心恋及叶的心事
只想把丰收的念想细细收割、装订

等待，是前世的期许
我细细触摸着每一行文字
唯恐错过你的任何只言片语

一花一叶一风一雨
正如你的来去
不论时隔多久
通通安放在心底

在安静的时光里

一人，一桌，两盏茶……

你来了

我正在翻找有关你的信息

我的目光　粘在你远去的背影里

我站在新年的梢头
手捧温热的念想
心也是温热的
只是春天
还躲在冬日的背后懒床

你路过
那一树枝丫瑟瑟的清晨
我的目光，紧紧地
粘在你远去的背影里
一路烧红清晨的脸颊

第九辑　时光深入——关乎你

你走过白昼走过四季　却走不出我心

你的目光
穿过我的目光
如同
你的心穿过我的心
时光
刚好在那一刻静止

我急着在内心
种下春夏绘好秋冬
挂上云霞涂罢星月
你走过白昼 走过四季
却走不出我的心

我邀来蜜蜂

采下一整季的蜜

酿成美酒

只待，你日日醉在我心里

也许有那么一天

清晨
听着鸟鸣声醒来
你倚在窗前的藤椅上
微笑着
看我笨拙地系着扣子

阳光穿过你的脸颊
调皮地慵懒在床榻上
我半眯着眼抬头
却见你坏笑着
就在刚才，那没有门牙的偷吻

窗外的燕雀叽喳着
如同你不断重复的絮叨

总能让我挪动着

凑过去和你并肩坐下

认真地听，或只是认真地坐着

午后困意袭来

你还在讲述着年轻的故事

于是，那些往事在皱纹里

跑马成没心没肺的笑

你的脚步穿过人群　一步步踏入心底

当思念敲击胸口时
我躲在窗棂背后静静地听
你的脚步穿过嘈杂的人群
一步一步踏入我心底

在你曾回眸的窗格里
用心写下日日的牵念
那漂泊在光阴中的深情
悄悄落入无声的脉落
在霜染的天空下
独自飘零成诗

过去很美　余生不惧

那一年春花正暖
张望中你正在走来
寥寥相视
穿过你的眼神
我倔强地认定——
你，就是我今生誓言里要等的人

那一年秋叶正红
在亲友的声声祝福里
我慌乱中只记下—
“此生，我要把你捧在手心里”

那一年冬雪未到
随着一个小生命的来临

你欣喜得像个孩子

彻夜拉着我的手

傻笑着不知所以

又到一年红叶纷纷时

你说——

“今后的日子要更加珍惜”

一路走，一路安暖在你的手心里

过去很美，余生不惧

只因，此生有你

（注：此文写在结婚纪念日）

待你的心有了我的温度　彼此取暖

起初

每次送她回家

他都偷偷站在巷口

直到她进家门

他才离开

因为担心——

万一她回头

心里空落落的

后来

每次吵完架

她摔门而去

他都在后面跟着

因为担心——

万一她不知去哪
万一她购物忘了带钱
万一她需要肩膀哭一会

再后来
每次遇到他说话嗓门大时
她都笑嘻嘻地
递上一杯热茶
讨好地问
谁惹到他了

生活就是
把我的心
放在你的心上
待你的心
有了我的温度
彼此取暖

只想把你捧在手心里

为这一世的遇见
你我已修炼千年
那些流年的磨难
那些孟婆汤前的誓言
那些风雨中的企盼

你眸底的每一次闪动
敲打着我灵魂不安
历经千年
你已是我的全部
你滂沱的泪眼
撕扯着我的心尖
千年不易
我只想把你捧在手心里

（注：此文为见地铁里一青年哄劝不知何故哭泣的女友而作）

你甩着袖底的硝烟 悄悄地走了

（万科风波中的王石）

闷热闷热的六月
你甩着袖底的硝烟
悄悄地走了
悠长悠长的背影
交织着无以眠休的心曲

你用旷世豪情
叙写着万千广厦最美的篇章
你信手落墨轻描细绘
隽永着座座不朽的丰碑

纵揽数十年的滔滔卷影
湮没在你跋山涉水的滚滚长河

通通化作心波

直到此时硝烟一抹

（注：此文写给 2017 年万科风波中的王石）

有一种爱叫苏有朋式

把我的头，停靠在你的肩上
把我的笑，洒在你的臂弯里
此刻，我的世界无风

雨在我的头顶
风在我的背后
你远去，我目送
你转身，我就在这里

在那些如萍的岁月里
风是你的关怀
雨是你的宠溺
无缱绻的相思
亦无挂怀的牵绊

有一种爱，与风月无关

有一种爱，叫苏有朋式

（注：此文写在林心如大婚之时，有感于其好友苏有朋的情谊则作）

假如王宝强与马蓉如此这般 可好

假如一切可以重来

我许你

傻根似的笑

在你憨憨的笑纹里

掏出一缕柔情

挽作心花

此生，你是我心中最美的暖

假如一切可以重来

你许我

如花美貌

在你灿烂的笑靥里

撷取一缕阳光

抚入心田

此生，你是我心里最暖的美

假如一切可以重来

我依然许你

傻根似的笑

你照旧许我

如花美貌

待风雨放逐

把你的美

安暖在

我的臂弯　膝头

（注：此文写于王宝强和马蓉婚姻风波之时）

那一场雪的情深

西风忸怩着
把一季的牵念
推进窗内
心事凝结成冰花
趴在窗上
执着
遥望

待你蝶舞着
推开尘世的心窗
吻过山谷
吻过枝桠
吻过小草
吻过大地的眉眼

轻抚窗棂
紧紧相握的手
心事悄悄爬上眉眼
慌乱的眼神里
漫天飞扬
是久别的倾诉
揽住岁月
唯愿，与君共白头

想你　我已用洪荒之力

想你
在八月的桂花里
我默默酿造美酒
只为有一天，你停下脚步
同我一醉方休

想你
收集你一路惊起的尘
和着相思捏成文字
只为，在你寂寞时散落成诗

想你
采撷你眼角的每一抹笑意
结成欣喜

只为，忧伤时植入你眉梢眼底

想你

收集你每一缕袖底清风

折成摇扇

只为，炎热里送上一丝凉意

想你

在你的每一次脉动里

想你

在你的每一次呼吸里

想你

我已用洪荒之力

感谢你来过我的诗行

总想把我的情都给你
怎奈诗句太短
情谊太长
可否用宋词千古的爱恋
缠绵成一季情花
托神雕侠
妆点你的眉心

总想把我的念想都给你
怎奈诗行太瘦，心念盈满
可否用唐诗里亘古的相思
点洒成梢头的红豆
在你凝眸仰望间
托风

种植在你额前

也想把我的心给你
让我的赤诚点燃一季的火热
在饱蘸暖意的指尖
把柔情缠绵成月光
卧在你的窗前
夜夜为你秉烛添香

或者把我给你吧
在你远行的渡口
我携诗行的韵脚为你摆渡
以一段浪花的欢快，为你唱歌
在某个波光粼粼的艳阳里
以海的名义
为你种下七彩贝壳。

（注：此文写于 2016 年 11 月 25 日感恩节）

后记

携一缕牵念远离烟火，穿过蝶舞花香的陌上，在一条山溪旁席地而坐，看流水静静地淌过光阴。从朝霞捧起水波，到日落唤出月圆，什么都不想，什么都不做，就这样静静地看日子在指尖妖娆成诗行……

曾几何时，我们或多或少都会想过：要在内心留一方静土，扎篱种菊，在喧嚣的尘世给自己一方世外桃源，和相爱的人携手，说着彼此想说的话，做着彼此想做的事，谈论着爱情本来的模样。日子在彼此的眼神里结成欢喜。当光阴穿过青丝捧出白发，当岁月抚皱彼此的脸颊，围在炉火旁依偎着，回忆一路写下的诗行。

有人说诗人的心需要一方静土，需要内心始终保持一方柔软和出世般的莲心。为此，也经常有人担心提醒："这样纯净的诗，在岁月和太多烟火熏陶下，也许以后就写不出来了。”但是不知不觉很多年过去了，随着写作的增多，内心反倒越来越清澈。这倒想起先生时常慨叹：“还是没长大呀！”也许你会想不到工作中的女汉子，回到生活中自动切换成不谙世事的模样。感谢上天眷顾，让我遇到先生，让身在尘世的我，内心依然可以保留一方柔软，在岁月静好中，把日子码成诗行。

此书的出版要感谢新华社尹洪东老师的指导并作序，感谢摄影师苏醒树，感谢出版社各位老师的辛苦付出；感谢各位同学/朋友热心支持，感谢诗友们的指导、指正；更要感谢多年来一直追随的读者和诗集公众号《紫薇诗话》的所有粉丝。

2017年10月1日 写于北京

月过枝丫（摄影师：苏醒树）

收藏一季的月圆

吟诵成长诗

放牧在你夜夜经过的路口

只为，某日你独自走过

心不会孤单

朝阳（摄影师：苏醒树）

回忆

是一本不忍释手的长卷

日夜捧读

依然翻不过携手走过的岸

夕阳（摄影师：苏醒树）

你离去的影

有如一颗炙热的朱砂

埋进我的胸膛

与我，同岁月一起

等你

灯火月色（摄影师：苏醒树）

如果今夜望不到星空

我就躲进万家灯火

把所有的思念撒成星

用你的名字

画一弯新月作伴

遥望到月圆

夕阳云影（摄影师：苏醒树）

从傍晚的霞里打捞一阙清词

和着你的名字排列成一首长诗

我端坐在诗行的韵脚

静静地想你

期盼（摄影师：苏醒树）

八月，在你来的方向慢慢打开

眸底的欣喜

灼伤了夜的火热

日子带着星辰

照向你来时的路

向往（摄影师：苏醒树）

流年在浅笑里暗香盈袖

柔情在守候中且消且长

即便逆风

我也只朝着你来的方向

雪后初晴（摄影师：苏醒树）

梦里烟波

只那一眼

从此，你的影在我心里搁浅